내일도흔들릴 나에게

남디디의 코딱지툰

남디디 지음

arte

차례

프롤로그 3

1장 먼지 11

2장 점성 115

3장 알려지 235

4장 코딱지 459

에필로그 631

박 찬욱 감독의 '헤어질 결심'을
호화롭게 관람했다.

코딱지.

그 조그만 콧구멍을
기어코 쑤셔서 건져 낸

코딱지.

깜짝 선물일까?   설렌 눈을 한 내게

떨 어 뜨 린

코   딱지.

내 결핍에 내 삶이
말아먹힌다.

나는 사랑하는 사람에게
소중한 존재가 되는 것이
삶의 목표이며 꿈이다.

1

먼지

유진을 만난 건

내가 와 해됐을 때다.

디디, 나 간다! ~ ~

또 들러주세요!

살짝 진상인 단골 손님...

나 물어볼 거 있어서. 번호 좀. 연락드릴게.

아..네..

내가 거절하면 민망해서 안 오겠지...?

내 애인은
가라오케에서
일한다.

처음엔 요리산 줄 알았다.

식당을 운영했거든.

네가 걱정 할
일을 하는 건 아냐.

흠...

편견은 나쁜 거니까...

우린 게임을 하는 것 말곤

물과 기름 같다.

.. 그리고 언젠가부터

그래도 그는
날 필요로 해.

사실 그마저도 결이 다르다.

애인은 나를 때린다.

날 때린 다음날,

애인은 무릎을 꿇고 빌었다.

엄마는 화가 나면
내게 문자를 보낸다.

나랑은 상관없는 이유이지만,
나는 하나뿐인 자식이기 때문이다.

내 안에 평안이 깃들기를

내가 현실을 부정하고 싶을 때

그렇게 이기적이고
비겁하게 기도한다.

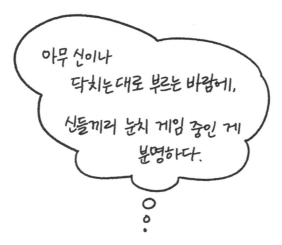

아무 신이나
닥치는대로 부르는 바람에,

신들끼리 눈치 게임 중인 게
분명하다.

난 모태신앙인데.

집에 돌아와도,
집에 가고 싶은 공허,

어쩐지 떠도는
소라게 같아.

어릴 땐, 하루가 참 길고 괴로웠어.

엄마가 시킨 게 뭔지,
     내가 뭘 했는지도 몰랐어

집으로 가는 길엔 심장이 뛰었어.

오늘은 무사히 지나갈 수 있을까?

어떤 이유로 혼날지는 랜덤!

예측할 수 없는 긴장감!

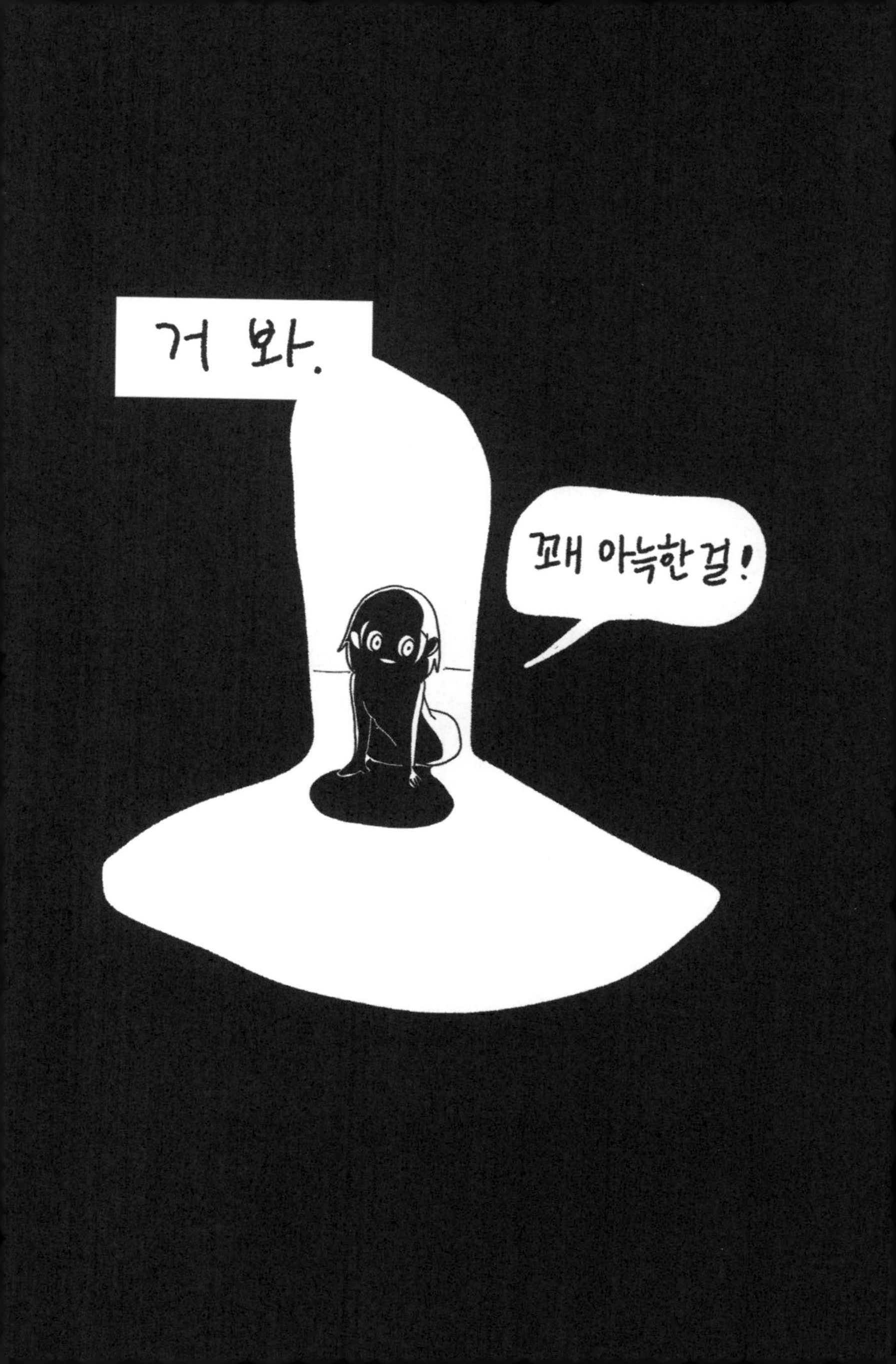
거 봐.
꽤 아늑한걸!

지극히 평범한 시간이 흘러간다.

여전히 나만 별난 가족들.

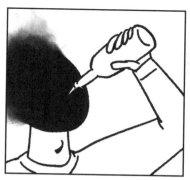

술을 자주 마시는 애인.

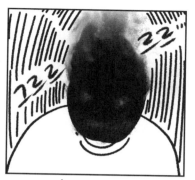

가끔은, 뭐.

그래도 "여전히",
평소엔 내게
잘해주니까.

뻣뻣한 다정함,

유진의 첫인상이다.

53

뺨을 세게 맞으면

눈 앞이 하얘졌다가

2초 뒤에 통증이 와!

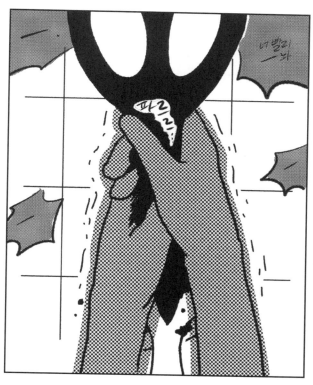

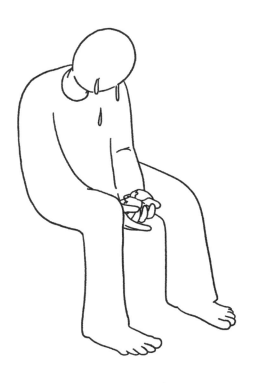

디디,
지켜줄게.

그건 다른 말로 하자면,

사랑에 집착한다는
뜻이기도 하다.

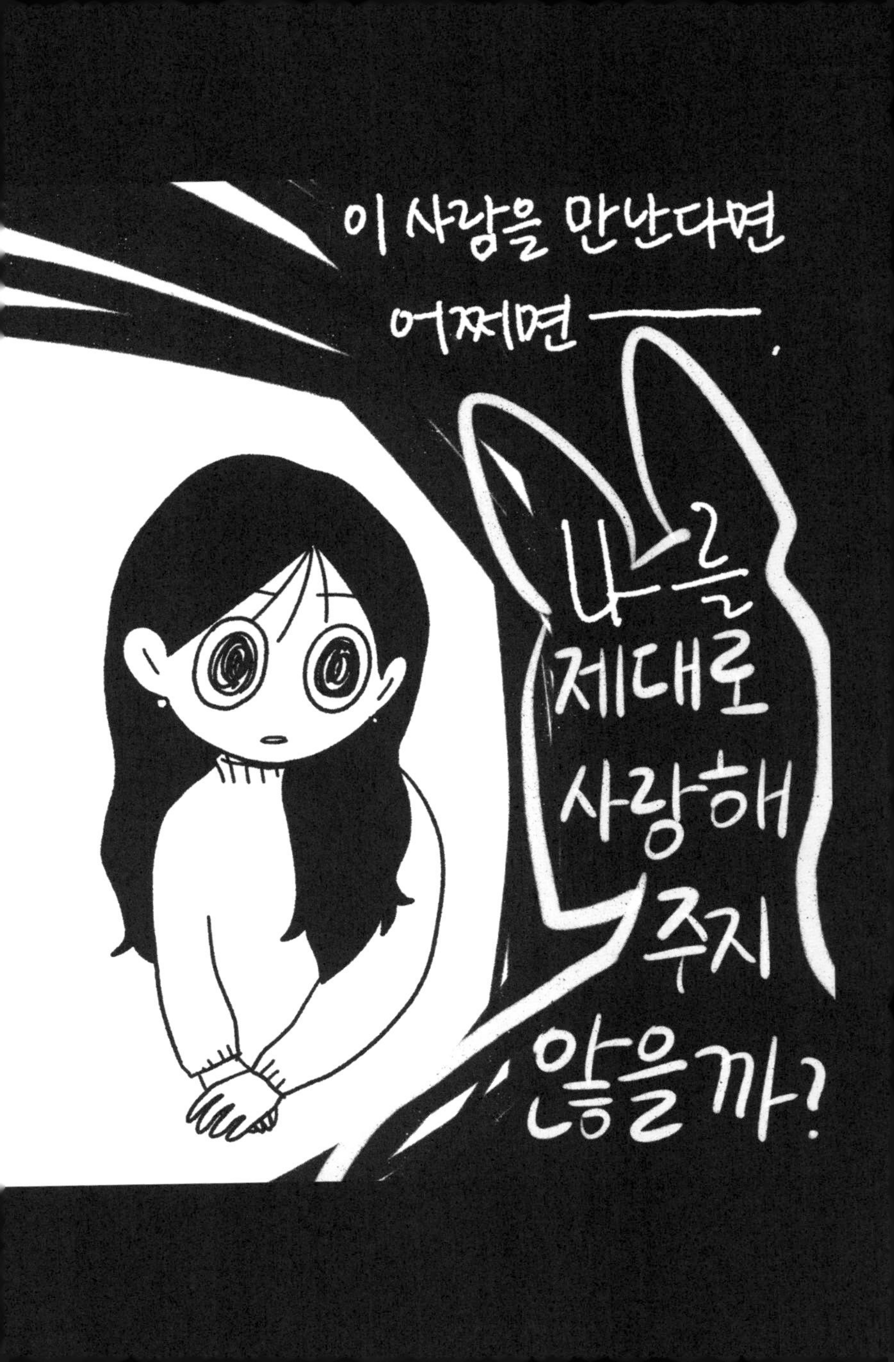
이 사랑을 만난다면
어쩌면 ——
나를
제대로
사랑해
주지
않을까?

말도 안되는 상상을 펼쳤다.

사실,

알고 있어.

이런 식으론 악순환뿐일 것도.

날 구원해줄 사람은

　　　나밖에 없단 것도.

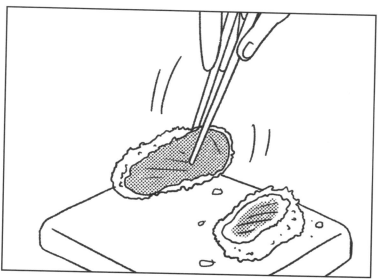

그런 핑계로 책임을 돌리다보니 아예 멀어졌어요. 창피하네요.

수준에 차이가 있겠지만, 톨스토이랑 도스토옙스키 중엔 어떤 게 좋았나요?

...

안 읽어봤어요.

...

...

시간 맞으면 종종 밥 먹을까요.

...!

오.. 좋아요.

94

그때 무슨 생각을 했더라.

오늘도 애인에게 맞았다.

이제는 눈물도 나지 않고
저항하기도 싫어서 그냥
때리는대로 맞고만 있었다.

내가 너무 가여워
디디
내가 너의 가족이 되어줄게
아!
이렇게 나를 위해
울어주는 사람이라면
그런 사람이
날 해칠 리
없다고
나만
노력하면
진심은
통할 거라고

나는

꽝 이 작은 노력과 마음들

인정받고

위로받을 수 없나?

어쩌면 당신이라면,

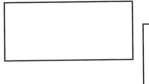

드르륵…

달랑 캐리어 하나면 끝이었는데...

뚝… 뚝…

유진은 한동안 말이 없었다.

아무튼 …

애기 들어줘서
고맙고…
어…
　　　미안해요

저 일자리를 옮겼는데요.

· · · 네

제가 서툰 영역이라
도움이 필요해요.

· · · 어떤?

사진 수정인데..

113

2

점성

119

121

유진과
마시는 술은
너무 달아서

우연일까 싶어
한번 더 먹고

믿을 수 없어서
또 먹어보고,

꼼지락 꼼지락

5분 안에 답장 오면 썸이고 그 안에 안 오면 나도 맘 접는 거다.
번복 없다 쿨하고 다시한 여자다 난

잠 잠 ...

에———이, 일하다보면 5분이 뭐야 50분 늦게 볼 수도 있는 거지 답장 속도가 뭐가 중요해 ... 중요해...

124

그냥 친구 사이면
어때

밥 친구만 해도 어때

만날 수 있는게

이렇게

신이 나는데!

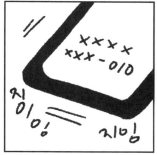

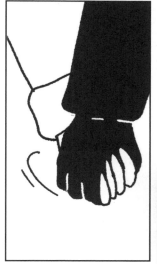

133

이게 전부 내 땀이야..?

침대가 다 젖어버렸네..

!!...

일어났어요?

저.. 제 땀이 침대를 다 버렸어요.

괜찮아요. 밥 같이 먹어요.

2년 동안 내게 남은 건 뭐지?
경험 비용이라 생각하기엔
나를 너무 많이 깎아 버렸어.

밑 빠진 독 같은 마음이라,

아무리 다짐을 채워 넣어도
쌓이질 않는다.

뭐지.

머리가 하얗다.

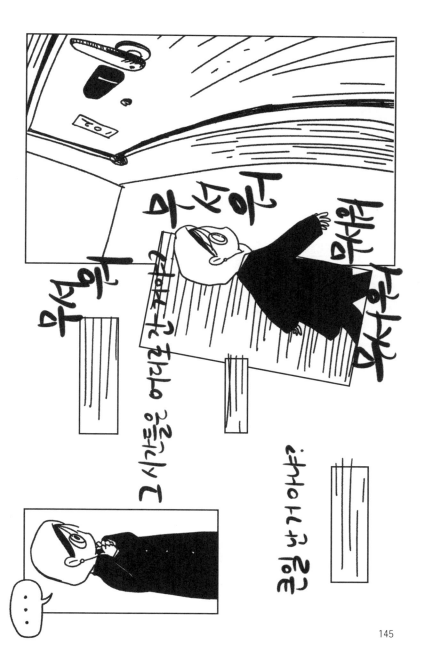

145

149

...?

왜요?

근데ㅡ

생각을 더 해보니 제가 상대방 탓을 한 것 같아요.

내가 열심히 했으면 될 일을 상대방 탓을 한 거죠.

...흠ㅡ

같이 작업하고 성장할 수도 있잖아요?

ㅡ음...

그래 본 적이
없는 것 같은데.

찍-지익

실제로도
안 될 것 같아요.

· · ·

나랑 그렇게 되면
좋겠다.

쪽

쪽

쪽

쪽

쪽 쪽

아 낮잠 자버렸네..

일어났어요?

?

우리,

앞으로 어떡할지 얘기 좀 해야되니까...

쿠

응

에...?

그냥 물 흐르듯 가는 거
아니었나보네?
불안해 나는 이대로도 좋은데

아아-나 나 못 받아들여
싫어 싫어 제발 제발

유진의 집은 춥다.

화장실은 도기타일
이라서 특히나 춥다.

신발 취향이 뭘까?

온기는 없지만 왠지
정을 붙이게 된다.

별 것 아닌 우연들이
운명이길 기대하게 된다.

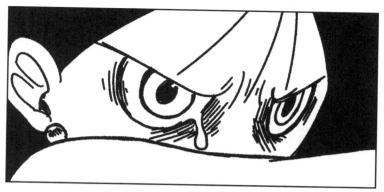

내게 소중한 것들만이 나를 다치게 한다.

그래서 나는,
아무거나 가까이해선
안 된다.

너의 취향이
맘에 들어서

더 경계심을 가지고
조심해야 해.
예를 들면 ...

지적 허영심과 '책 읽는 나'에 취했는지,

그 세계를 탐닉하러 방문한 사람인지...

보여지는 것이
줌요했던 이들은 대게,

나와의 관계에서도

틀림없이 기회를
놓치지 않고
권위를 탐했다.

자주 쓰는 단어.

상대의 말을 들여다보면
그의 결핍을 알 수 있어.

말의 속도

말의 방향이
향하는 각도.

유진은 예전에, 젊은 신예 작가의 문하생이었다고 한다.

유진의 목소리는 차분하고 느려서 실수가 적다.

유진은 정확히 알지 못하면

함부로 뱉어내지 않는다.

그딴 애들이랑 유진은 달라!!

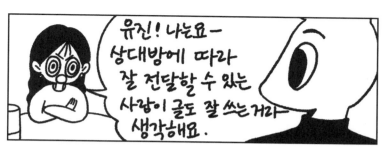

유진! 나는요—
상대방에 따라
잘 전달할 수 있는
사람이 글도 잘 쓰는거라
생각해요.

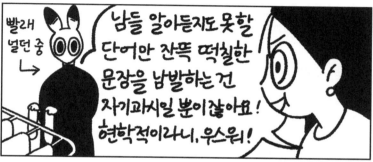

빨래
널던 중
↳

남들 알아듣지도 못할
단어만 잔뜩 떡칠한
문장을 남발하는건
자기과시일 뿐이잖아요!
현학적이라니, 우스워!

· · ·

수준이 안돼서
못알아듣는 거
아니에요?

171

176

추웠을 텐데, 내가 따뜻한 커피 내려줄게요.

짜르르록...

왜 그랬는지 궁금하긴 한데...

아무래도 넘어가야겠지?

난 엄——청 연하게 타줘요!

흔들흔들

핸드드립이라 맛이 연한데...!

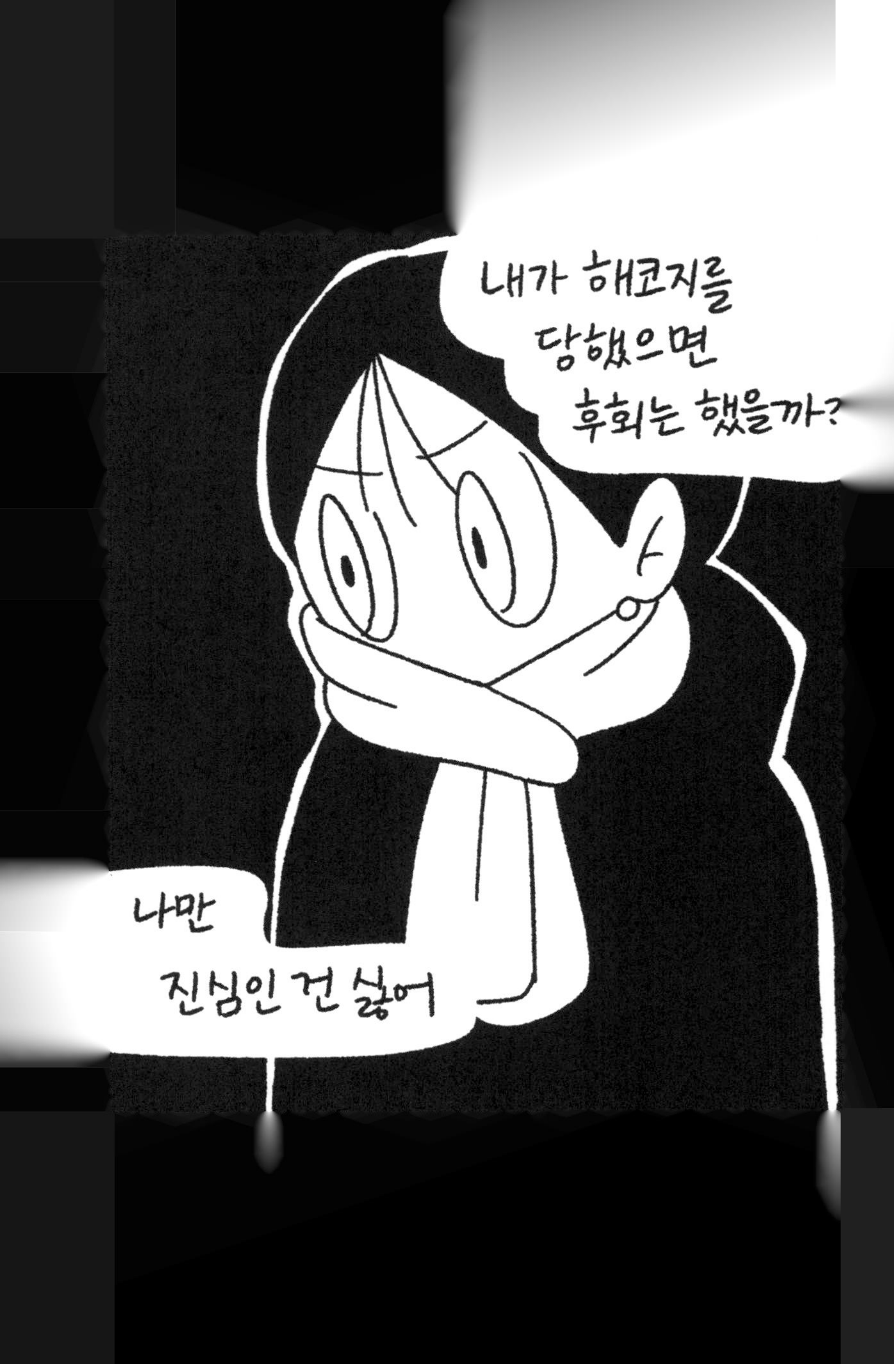
내가 해코지를 당했으면 후회는 했을까?
나만 진심인 건 싫어

전 세계를 강타한 바이러스로 인해 사회적 거리두기가 시행됩니다.

4인 이상 모임 금지. 수도권은 저녁 10시 이후 식당 및 카페 운영이 제한됩니다.

내가 완전 안일하게 생각했어. 이게 무슨 일이야...

일하러 가?

응.

이번달 까지만 하고 가게 정리한대.

전염병 때문에?

응...

심각해, 상황이...

전 세계가
전염병으로 앓고 있다.

서점에는 까뮈의 '페스트'가
베스트셀러로 팔리고

소중한 이를 잃은 사람들이 적지 않았다.

우리의 일상은 마비되었다.

방역 수칙을 지키지 않는 이는 사람들에게

모두의 고통으로 성벽을 쌓아
나는 안락함을 지켰다.

멍청하고 음해하지 않은가

어, 아빠.

디디야,
다음주가 엄마 생신이야.

206

굳이 말해 봐야...

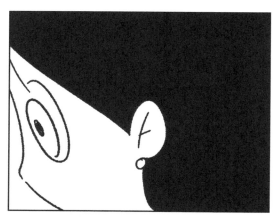

우-윽..

왜 이렇게
속이 안 좋지...

209

니가 다 ⚡
자초한 일이야

이거 봐.

망했다니까..

난 또 왜?
뭘 했길래?

니 딸 저러는 것도
다 누구보고 배웠겠냐
니 때문이야 ⚡

팬데믹이라 그런지
길에 사람이 없더라...

와도 되나
고민 했어...

진짜 회항가 좋아

가고 싶은데 다 갈 순 없어.

팬데믹 핑계로 완전 꿀잼

그렇게 싸돌아다녀서 2차 3차 터진다구...

서로 배려해야지

안정될 때까진 모두가 좀 인내하고..

그러니까! 거리두기 해서 교회 안 가니까 너무 좋아~

아빠가 시장에 사람 구경가자!

그래, 지금은 집이 최고로 안전하겠다.

···

아침에 말 하다가 말았는데..

너 그렇게 예민해선 사회생활을 어떻게 하고 있나 문제다...

마음을 좀 둥글게 가져

···

집엔 내일 아침에 간다고?

응, 일 있어서.

쪽

집에 가고 싶어.

왔어?

저녁 차려놨는데.

생신
이니까...

어차피 먹고 버리면
사라질 것 따위,

누가 필요하다
그랬어?

에이..

그래도..

역시 망했다.

안 먹어 -!
갖다 버리던지.

지겨워

아까 만난 수강생이 죽더라.
명품을 사준 거야~
어머머머~

명품 아닌데...

너 내일 아침에
외할아버지댁 가야 돼

진작 말을 하지.
나 일 땜에
돌아가야 돼.

응, 디디.

유진-
바빠요?

그...
너무 당황스럽겠지만...
나 좀 데리러와줄 수 있어?

...?

무슨 일 있어?

...어으읍

어...아, 아니
나 좀...

233

#.3
알러지

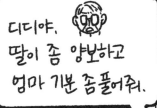

유진은 나를
지옥같은 순간에서 구출했지만—

그 순간 뿐일 테지.

전 애인도 한때는, 가족이 되어주겠다며 눈물까지 흘렸어.

그땐 진짜, 뭐라도 될 줄 알았지!

결혼? 꿈도 꾸지 않아.

아무도 믿을 수 없고 상처줘선 안돼.

240

마음의 찌꺼기들을
제때 헹궈내지 못하면
찌꺼기같은 꿈을 꾼다.

미뤄둔 설거지에
눌러붙은 음식물 같이
엉망진창이다.

따뜻한 물은
심란해진 가슴을
진정시킬 때
아주 좋아.

게다가,

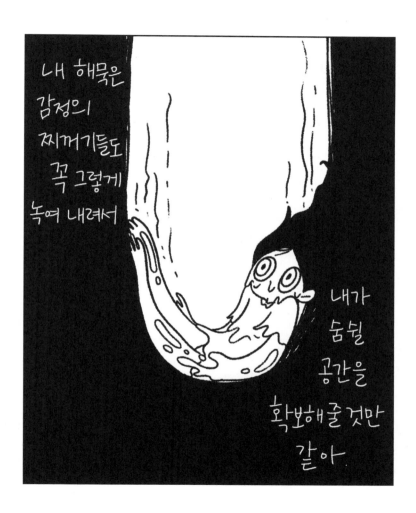

내게 찌들어 붙은

나쁜 것들을

깨끗이 씻어줘

부디.

거기서
뭐해?

...

생각.

음…

일단은 …
직업?!

사진을 배우고 싶어.
찍는 것도 찍히는 것도

돈 벌면서 천천히
준비하려고 했는데.

백수가
돼버렸어.

이제 곧
이 방도 빼고

부모님 집에
들어가야
해.

팬데믹 때문에...
당분간은
어쩔 수 없지...

나도 새 일
찾아보고 있어...

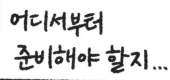

어디서부터
준비해야 할지...

아! 유진 씨 안녕하세요-!
디디 친구 JJ 입니다.

안녕하세요-.
초대해 주셔서
감사합니다.

히히
안녕~

이렇게 놀러와서
뭔가... 죄송해요

하몽!

가게를
닫아놓고 초대해서
찐 단골손님들만
있어요...
편하게 놀다가요.

내 방도 빼고-

이사 갈까봐.

더 넓은 집으로.

이제 같이 사니까, 어디로 가고 싶냐니까 남 일처럼 시큰둥-하고.

흐음...

왜 그러냐니까 대답도 안해. 그러더니 나더러 취했대-

? 너 안 취했잖아?

내 말이!

에엥ㅣ

유진 씨, 뭔가 고민이 있는 거 아냐?

으아아아

그럼 말을 하면 되잖아!

265

잠깐만,
그 전에..

우리 할 얘기
있지 않아?

음... 별로 안 하고 싶은데.

설명을 해줘야
나도 이해하지.

대화를 한다고
달라지진
않던데...

271

...툭

유진.

응?

물론...
행동 습관이
하루아침에
맞춰지지는
않겠지만...

...

나중에라도
말해줘.
내가 몰라서
실수할지도 모르잖아.
노력할 테니까...

...

알겠어.

마치 우리를 위해

마련되어 있던 것처럼

좋은 가격에

입주 날짜까지

이사는 일사천리로 진행되었다.

응, ㄷㄷ.

유진! 나 도착했는데 문제가 있어...

집주인이 도배해준댔는데 안 해줬어... 계약서에도 적었는데!

뭔데?

아, 네!

아,

그건 따로 가져갈게요.

말은 해봤어?

얘기해봤는데, 역정 내면서 얼버무리기만 해...

내가 얘기해볼까?

아냐... 부동산에도 전화해 봤는데—

그래도, 내가 말해볼게.

월세가 낮아서 도배가 의무는 아니래.

머리아파—
그냥 빨리 와서 안아줘—

징징~

응 알겠어.
이제 나도 출발해.

어고!

휴!

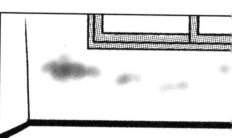

이참에 우리가 칠할까?

좋아.

페인트 주문할게.

그냥…
분위기 좋은 동네 가서~
숙박 잡고 –
밥도 먹고 –

날도
풀렸는데.
스쿠터
타고 갈까?

근데 헬멧이…
하나 더 있어?

I didn't realize

♪

That my life would change forever

이때, 그런 생각이 들었다.

내가 살면서 겪을
모든 일 중에

아마,
유진만큼 내게

낭만적인 건 없을 거라고.

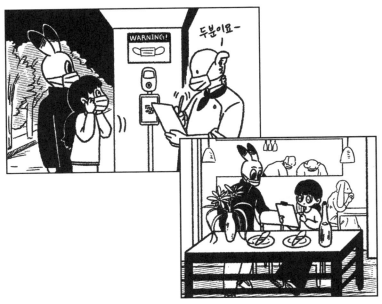

이상해.

뭐가?

실내로 들어올 땐 마스크 써야하고, 착석하면 벗어도 되고..?

그래도 밖에선 안 써도 되잖아.

그렇긴 한데...

주문할게요

늦게까지 밖에서
노는 게 좋아?

음...
음!!

아항...

왜 멀어져?

그렇게 늦게까지
놀게되면...

피곤하지 않아?

피곤하긴 해도...

291

디디, 무슨 뚱딴지같은 소리야?

난 영업제한 시간이 안풀렸으면 좋겠어!

· · ·

· · ·

강제적으로라도 집에 들어오지 않으면 안심할 수가 없어!

혼자 욱했어...

주목받는 기분도 들고

말 투기도 너무 쉬웠는데

문득,

이건 가짜라는 생각이 들어서

아무것도 보여주지 않기 시작했어.

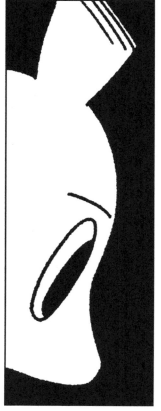

둘 다 이십대 후반인데

벌이도, 진로도

아무것도...

정해진게 없어

디디는 자꾸 뭐가 불만인 거야?

언제 올거야~~아

...

언ー제ー와ー!

밴댕이 같으니까 학교얘기는 묻지 말아야지

'가능성에 중독 된 상태' 알아?

내가 그런 상태이진 않았을까?

재능 덕분에
대충해도 상위권.

— 그러다보니,
대충하는 상태가
내 실력이 됐어.

결과가 나빠도
대충한 거니까 괜찮아.

317

관계가 삐그덕거리면

내가 문제인가 생각이 들어.

얘기는 해봤어?

무슨 얘기?···.

··· 아,

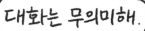

대화는 무의미해.

··· .

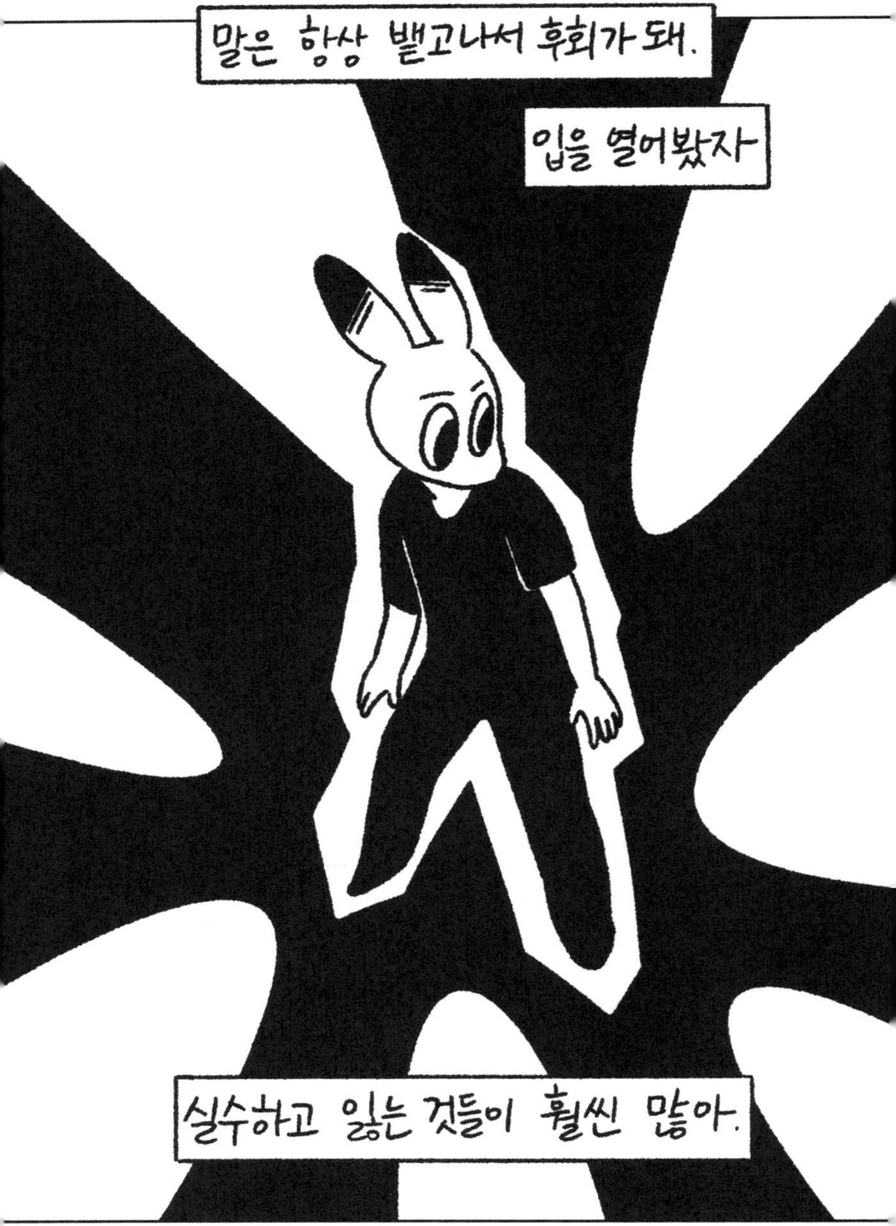
말은 항상 뱉고나서 후회가 돼.
입을 열어봤자
실수하고 잃는 것들이 훨씬 많아.

저벅
…

저벅
…

팬데믹은 끝나가지만

잃은 일자리와 발생한 가난은

회복되지 않는다.

334

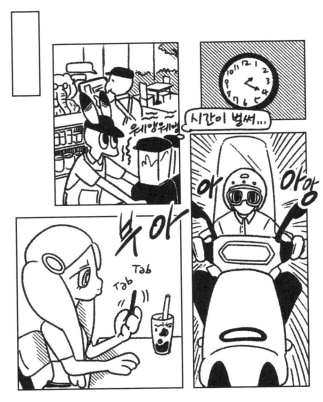

내가 만들어낸 불안에서
　　　　　벗어나려 발버둥 칠수록

거미줄처럼　 엉겨붙는 기분이야.

그래도 내가 좀 심하긴 했어...

톡 톡

카페... 같이 갈래요?

테이크 아웃 해올건데...

· · · ?

그래요.

저, 나이가 어떻게 돼요?

아,

제가 6살 많을 거예요.

356

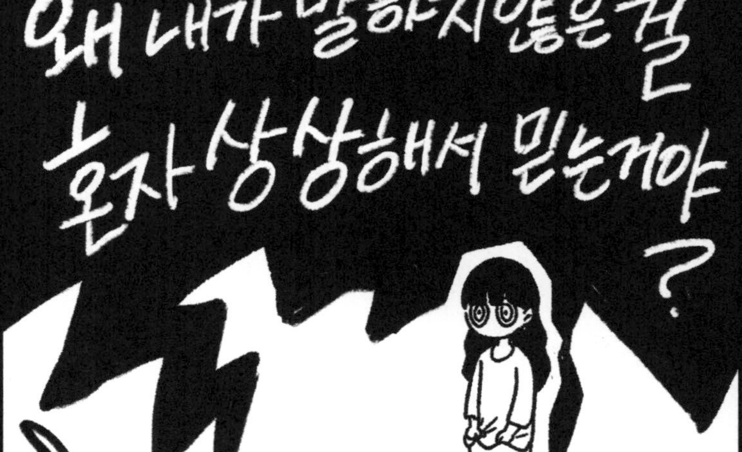
왜 내가 말하지않은걸
혼자 상상해서 믿는거야
?

...그래도 이상하긴 했잖아...

분위기도 숨막히는데 뭐 어떡하라는 거야

내가 욱해서 미안해.

우리가 제대로 대화를 못 나눠서...

감정이 중첩됐어.

... 지금 말하기 싫어.

나중에 얘기해.

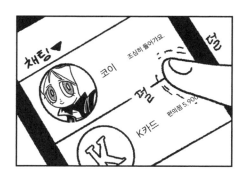

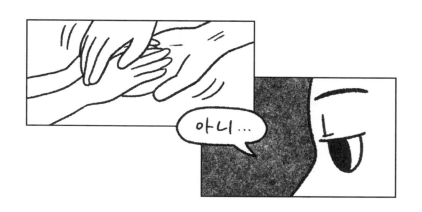

374

그치만... 기분 나빠!!! 내가 뭘 하는지 자기가 어떻게 안다고—

띠링! BANK 잔액 ₩4,380

나도 돈이 없긴 하네...

일자리... 구해야 하는데.

띠 띠 띠

...

뚜— 뚜—

여보세요?

-!

야, J7!

지금 가게로 가도 돼?

지금? 밥 해줘?

엇...진짜?

응. 평일이라 괜찮아.

요새 뭐해?

개인 작업하려고 준비하고 있지...

외주는 하고있어?

와 앗

아니... 뭐...

맛있어?

우물 우물

넘-넘- 맛있떠

팬데믹도 끝났는데... 혹-시 알바 할 수 있어?

우리 가게에서?

으응, 나 열심히 할게.

먹은 거
치워줄게.

나 갈게.

손님 올 시간이네

아, 작업은?

언제부터 할 수 있어??

내일부터.

연락해!

빠르다!

저…

네!?

뭐 필요하세요?

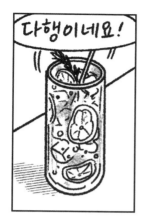

다행이네요!

필요한 작업 있으면…
저도 도와드리고 싶어요.

맘에
안 드시면

안 써도
괜찮아요.

전공생이신가봐요?

비슷해요..!

저는 좋죠!

감사해요!!

근데
친구한테
물어보고
말해줄게요.

갑작스러웠을 텐데,
상의해주신다니―

저 이 가게 좋아해요…

386

나 버리지마...

더 넓은 집으로 이사 갈까봐.

유진은 어느 동네가 편해?

얘는 나랑 환경이 다른가...

더 큰 집, 좋은 동네로 가고 싶으면 갈 수 있구나...

난 상관없어 가고 싶은 데로 가

월세야 반반 내겠지만...

싸아아

가고싶은 동네로 가라고 했는데 왜 서운해하지?

397

그렇지만...

디디.

...응.

...일,

...

응원해 주진 못할 망정, 하지 말라고 해서 미안해.

싫다며...

그래도 ...

내 생각은 이별단 걸 얘기한 거구...

노력은 해보고 싶어. 회의감이 들지만 ... 대화도 해볼게.

샐쭉

413

엄마의 한숨은 짐승의 울음소리 같아

저 끔찍한 소리를 듣느니

차라리 내가 사라지길 바랐다.

415

419

421

당신의 삶이 희생되었으니

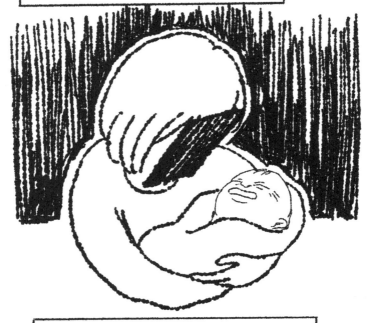

마땅히 보상받고 싶었겠지.

기대를 메우지 못해 배반자가 되어

몹쓸 인간으로 살아가는 나.

죄인이 된 나의 결핍은

내가 사랑하는 사람이 보상해 주길 바랐어.

427

430

… 사정?

흥

사정 없는 집이 어딨어…

안녕하세요-

어서와요!

잘 하더라.

코이.

그래?

오늘 작업하는 거 봤거든.
아직 학생인데...

나보다 잘해...

그런가...

힘 내.

디디도
잘하잖아!

그 애는

나보다 예쁘고

능력도 좋고

나이도 어리고

난 쌓아놓은 게 없는데...

...

내가 아니면 안 될 이유가
있어야 해...

유진.

가져가.

이게 뭐야?

기프트카드 받은 거야.

팀 과제할 때 애들 커피라도 사 줘.

아냐...

443

445

446

보풀 일어났네...

돌이켜보면

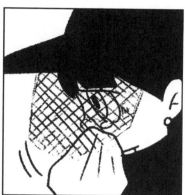

진짜 별 것도
아닌 것 가지고...

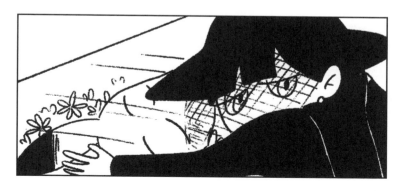

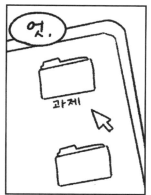

455

이게 뭐지

4장

코딱지

462

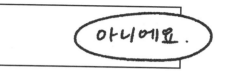

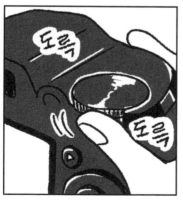

어?

언니, 가게 일도 하시는 거예요?

...

아. 네.

갑자기 내가 유진 여자친구라고 밝히는 건 좀 이상하지..?

이제 홍보물 작업은 안 하세요?

···네. 고정수입이 필요해서요.

흠...

뭐 준비하시는 거예요?

저요?

···

일러스트요.

어떤 일러스트요?

그냥 이것 저것... 아직 색깔이 없어서...

외주 따라 맞춰서 해요.

그러게.

나 뭐 하려고 이러고 있지?

내가 찍은 사진인 건 어떻게 알았어?

노트북 빌렸을 때 봤어.

어떻게 알았는지가 중요해???

아니. 진짜 어떻게 안 건지 궁금해서.

네가 내 폰이나 노트북을 보는 건 상관없어.

...

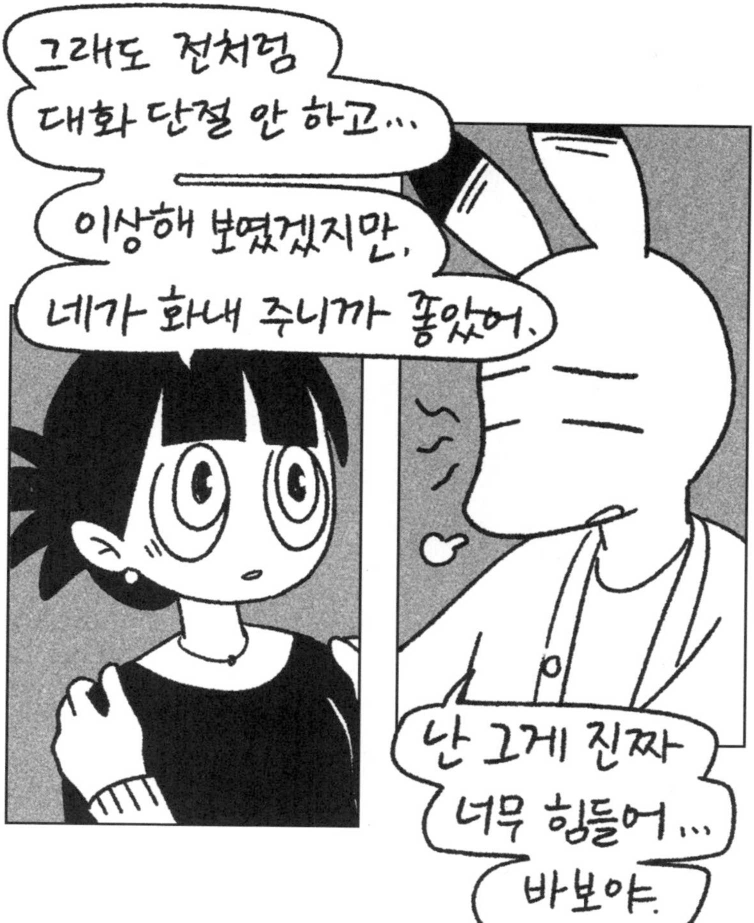
그래도 전처럼
대화 단절 안 하고...
이상해 보였겠지만,
네가 화내 주니까 좋았어.
난 그게 진짜
너무 힘들어...
바보야.

내가 나한테 집중하지 않으면

482

비비는 이십대 초반에
패션 에디터로
자리를 잡았다는데

그런 유능한 사람이
왜 나랑 같이
작업을 하지...?

나를 가성비로
잠깐 쓰거나,

나를 오해했을
확률이 크겠지.

이잉!!

지금이 퍽 사랑스러워.

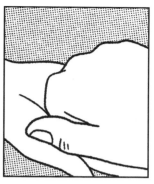

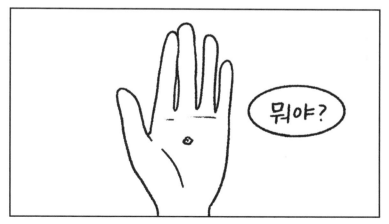

나는 겨우 매달려서

떨어지지 않기만을
바라고 있어.

발 밑은 무서워서
보지도 못했어.

땅이 없으면
어떡해?

끙ㅡ차!

오늘, 친구가 디자이너를 소개해줬어.

나이도 어린데 자리 잡은게 대단해.

멋지더라.

나랑 작업 같이 해보재.

...근데

부릉

부릉

나 혼자 김칫국 마시고 초라해지면 어떡하지?

사실은 —

나도 달라질수 있나? 기대가 생겨서 두려워.

···

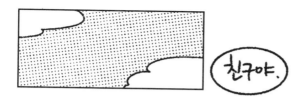

친구야.

요즘 왜 이렇게 얼굴 보기 힘드냐?

아!

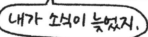

내가 소식이 늦었지.

나 취직했어!

어쓱···

힐끗

애들이랑 놀러온 거 아니니까...

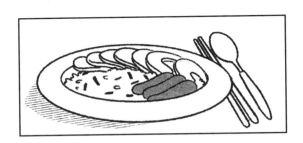

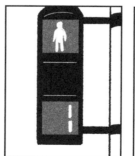

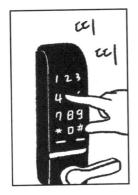

난 너를

영원히 사랑할 수 있을 것 같아

사실은…

내 남자친구랑 썸씽이 있는 건 아닌가 신경 쓰이는 여자애라서…

흠―

확실히―

대처가 묘하긴 하다.

얘기해요.

남자친구라고.

솔직히 불편해.

뭐?

분위기 어색해지잖아.

나 이거
집중 좀 할게.

내가 부끄러운 건
아니고?

뭐?

547

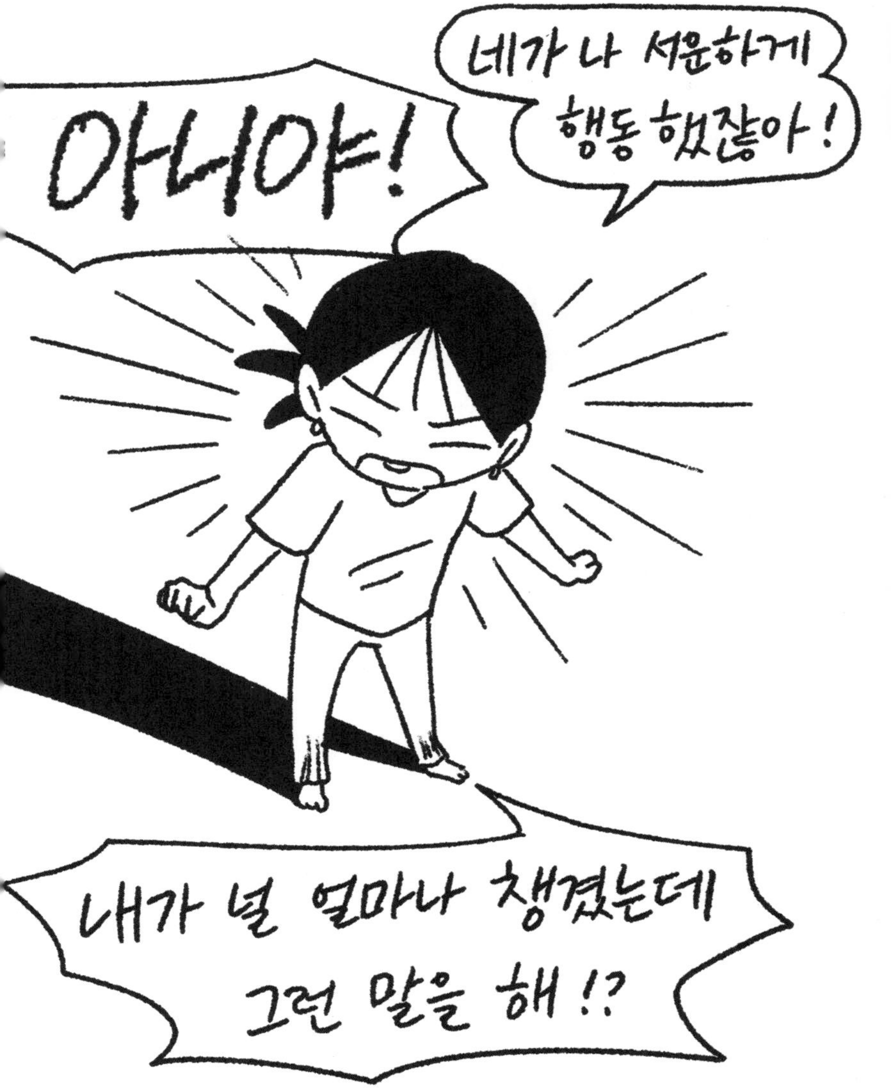

네가 나 서운하게 행동 했잖아!
아니야!
내가 널 얼마나 챙겼는데 그런 말을 해!?

가만 보면 너, 가스라이팅을 참 잘해.
내가 언제 뭐 해 달래
네 맘대로 해 주고 나한테 보상을 바라는 거야?
미안하지만 네가 해 준 것 중에 정작 나한테 필요한 건 없었어.

나 할 게 너무 많아—
시간 없는데 자꾸
내가 실망하고
속상할까봐
스트레스 받아가면서 꾸역꾸
먹고 있었어 내가 알아서
때우면 되는데—

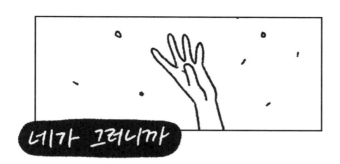

네가 그러니까

맨날 나만

애쓰는 것 같잖아..

564

또 우네.

너 우는거
보기싫어.

다 나 때문인 것 같잖아.

내가 뭘 그렇게
잘못한거야

우리 곁에 있으면
서로가 더
괴로워질 것 같아.

내가 다 했잖아

너만 한 거
아니야

너 바쁘니까 집안일도
내가 하고

몇번 안했어

577

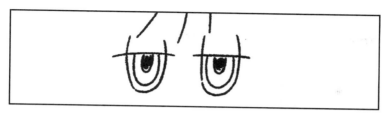

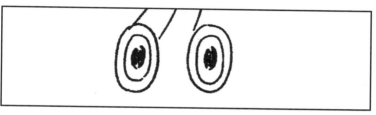

584

사랑스럽고 소중한 내 연인,

내 아가!

587

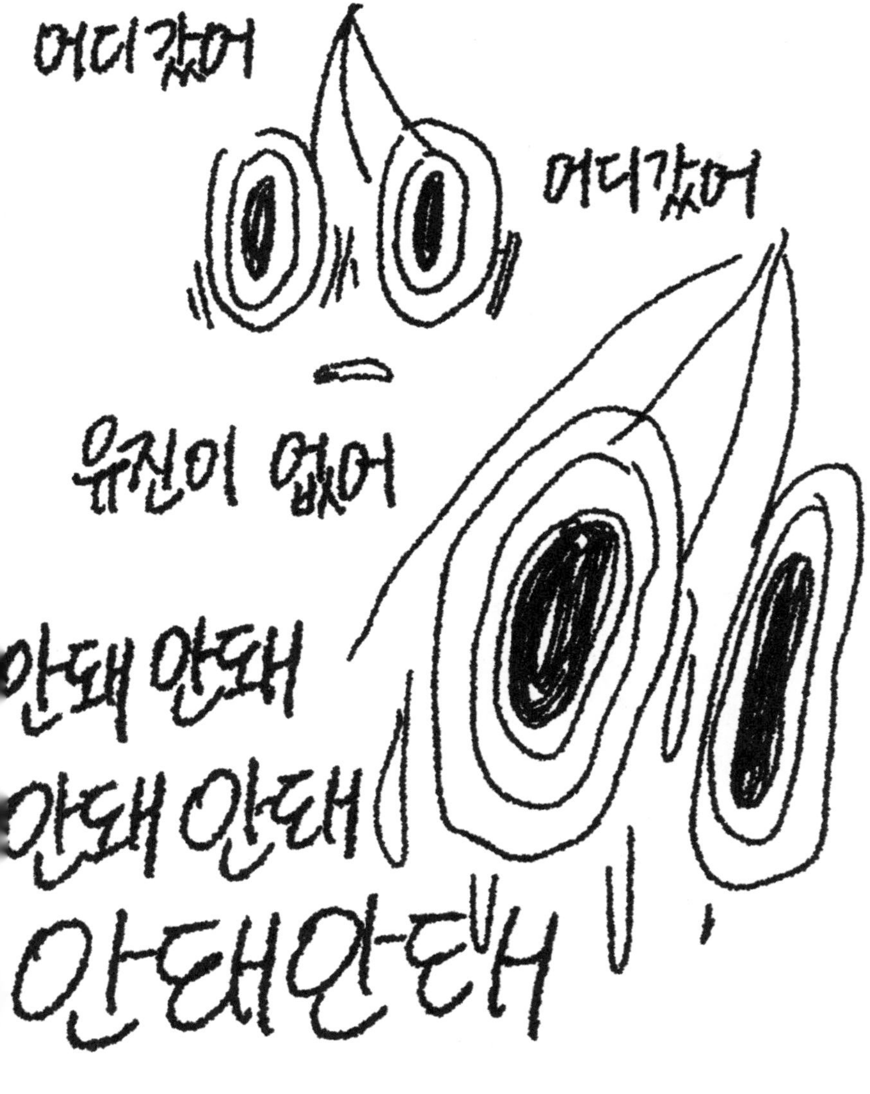

어디갔어

어디갔어

유진이 없어

안돼 안돼
안돼 안돼
안돼안돼

유진!

내가 너무 이기적이어서,

불안에 허우적대느라
듣지 못한 걸까?

아.

보고싶어,

보고싶어.

네 보드라운 살결도.

작은 콧구멍도.

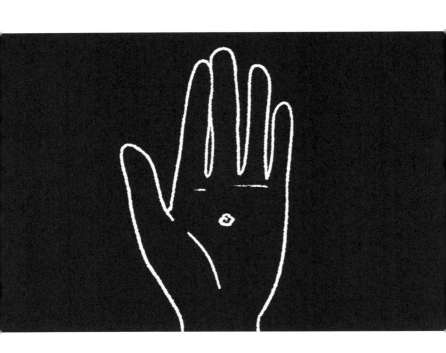

그렇게 소중했는데,

놓치기 싫었는데.

너는 내게 사랑한다 말 했어.

분명히 말 했어.

내가 지금 가장 먼저 할수 있는 일은

나를 마주하는 것

또 다시 흔들리더라도

중심축을 내게 세우는 것.

너를 너무 사랑해서

욕심이 지나쳤던 것….

…. 알아.

무슨 마음이었는지
너무 알아.

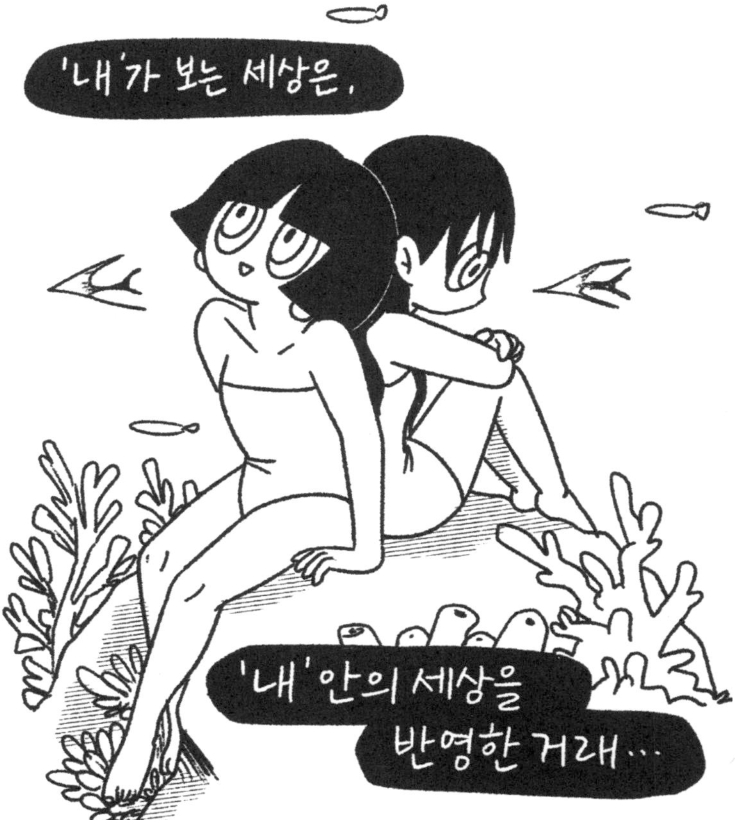
'내'가 보는 세상은,
'내'안의 세상을
반영한 거래…

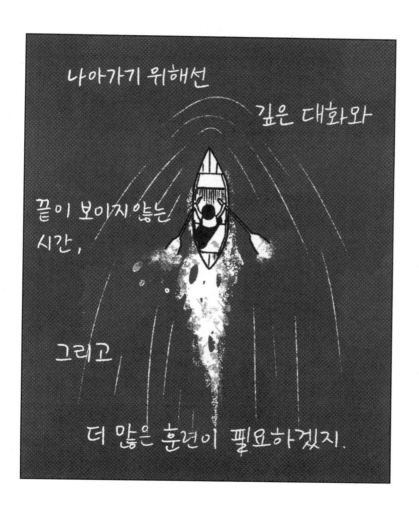

스스로와 투닥거리는 시간을 버텨내다가

난 뭘 할 때

혼자서도 행복할까?

궁금해졌다.

오늘은

조금 뛰어보자.

613

만들고 싶었던 게
안 돼서 실패했는데...

근데 이것도 나름,
마음에 드는 것 같아요!

그렇게 새로운 면을
발견하는 것도 좋지만,

결과물이 이상해도,
하려던 걸 끝까지 해 봐야
원하는 걸 만들 수 있게 돼요.

이번만 잡아줄게요.

뭐든 과정이 필요하니까요.

이 과정을 지나서

내가 원하는 모양의 마음이 되었으면.

아쉬운 소리는
그다음에 하자.

내가 부족하고
모자른 사람이란 기분이 들때마다

억지로 움직이고,

햇빛도 쬐고,

걷고

뛰었어.

이건 처음으로

내 노력이 만든 작은 변화야.

E-MAIL

☑ 디디님, 출간 제안드립니다.

대박

맙소사

이 성취가 누군가에겐 응원이 될까?

나누고 싶은 사람이 없어.

사실 지금도 여전히

네게 인정받고 싶어.

언젠가 너를 마주치게 된다면

어푸

어푸

어떤 표정으로 인사할까?

그땐, 자신있는 얼굴이라면 좋겠어.

- 사랑을 담아, 디디 -